뿌리가 좋아야 하는 이유

뿌리가 좋아야 하는 이유

발행일	2022년 9월 30일
지은이	박 상 엽
펴낸이	박 서 연
펴낸곳	가망불망
출판신고	2017.4.3. / 357-2017-000002
주소	인천광역시 강화군 선원면 중앙로 253-1
전화	010-9845-5999
이메일	seoyeunn@hanmail.net

ISBN   979-11-963306-6-8 03810 (종이책)   979-11-963306-8-2 05810 (전자책)

박상엽 시집

뿌리가 좋아야
하는 이유

가망불망

목차

제1부 오월의 신부

제2부 중사자암 가는 길

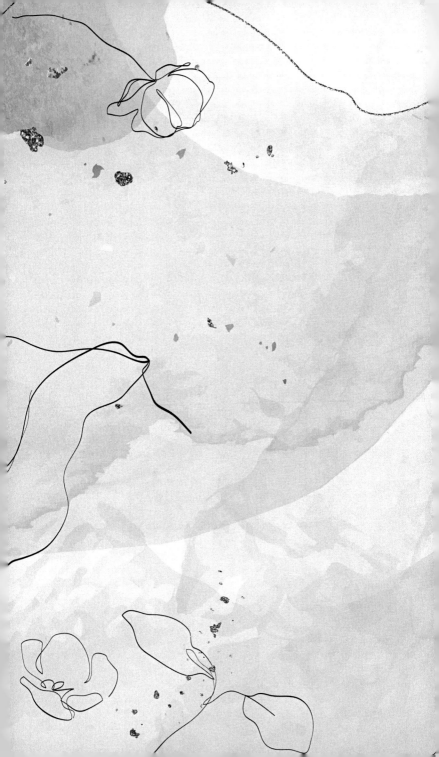

1부

오월의 신부

낙화 落花

꽃봉오리 벙근 게 엊그젠가 했는데
밤새 비바람 몰려오더니만
추풍에 낙엽인 양 장엄한 의식으로 치러지는
난분분 낙화

춘야희우春夜喜雨에 여명을 다투어 합창하듯 터져 나
오는
금관성錦官城 화신花信은 어데로 가고
기껏 스쳐 지나가는 밤비에 명줄까지
놓는단 말인가?

만개滿開의 호사를 한 사날 누렸으면 그뿐,
과분한 의지는 욕심으로 기울기 쉽고
과욕은 또 다른 집착을 낳게 마련이잖나

꽃 속에 한여름 무성한 나뭇잎 깃들었고
탐스런 가을 열매 위에 봄꽃 또한 아롱져 있나니
자네, 나 봄비에 스러져 간다고 서러워는 마시게

봄 숲의 교향악

상큼한 봄날 아침
여명 말미 물안개 물러나고 따스한 햇살
무대 위로 조명 쏘아 주니
밤늦도록 목소리 가다듬은 탱자나무 위
뭇 새들의 성급한 합창

자, 여기! 숲속 꽃들의 프렐류드와 소나타 연주
핑크 노랑 하양 빨강 청량한 음색으로
비올라 첼로 클라리넷 바순
소소하게 활주해 나가니 흰 구름 선율 위를 나폴대며
무언곡 방가방가放歌放歌

이번엔 나뭇잎들 총출동하는
왈츠와 마주르카, 더하여 콘체르토 페이지

뿌리가 좋아야 하는 이유

베이지 연두 초록에 진녹 쑥녹의 화려한 협주
피아노 바이올린 오보에 콘트라베이스 호른
화성음 토해 내니 호수 위
칠음계 오리 가족
좌로 틀고 우로 꺾고

시냇물 산들바람 호응과 공감 질탕 어울어지고
숲 언저리 진초록 능선 위로
붓질 옮겨 악장 더해 가니
서녘 하늘 비너스와 초승달 배시시
아하! 전원 교향곡이로구나

봄비 오는 밤

곡우穀雨 절기 놓친 봄비
반가운 빈객으로
메마른 대지 촉촉하니 적시는
사월의 밤
누웠던 풀들 발랄하니
생기 찾아 춤추면서 일어나고

다정한 이들 상냥한 대화조차도
금세 시들해져 버려
언덕배기 마을 창문 불빛들
하나씩 둘씩 스러져 가고
깜박깜박 가로등 불빛만이
빗줄기 아래 조을고 있는 이 밤

뿌리가 좋아야 하는 이유

그대는 어찌하여 한낮 노동

고단함도 물리쳐 놓곤

퀭한 몰골을 한 채

호올로 잠 못 들어 하는가?

엎치락뒤치락 이 세상 고민이란 고민

죄다 떠안은 것 같으이

청년 시절 고집과 만용으로 이 한 몸

가득 채우기도 했었고

분노 울분 삭히느라 앙가슴

새까맣게 태우기도 했었지

하나 치졸한 열정만으론 세상 바꿀 수 없다는 진리

서리 내려 알게 되었네

마음은 삶의 전장에서 깊은 내상 입었고

만년 청춘인 줄로만 알았던

육신마저 늙어 갔지

제멋대로 돌아가는 세상 맞서

통음으로 밤 지새우던 지음들

하나둘 세상 하직해 대더니

이젠 모두 내 곁을 떠나갔다네

봄비 소리 없이 내리는 이 한밤
창밖 어둠 응시하노라니 눈물이 나고……
회한과 번뇌로 착잡한 이 심사
달래 줄 이 그 누구다뇨?
부처님 확 놓아 버리라 미소하고
예수님 꽉 붙잡으라 설교하고

이민자移民者의 변辯

시립 도서관 동쪽 모서리 꽃밭
철쭉 영산홍 분홍 주홍 꽃무리 속
노랑 꽃잎 애기똥풀 하나
외롭지만 당당하게 본새도 의젓하니

네 족속 천성 음습한 숲속 좋아하니
게서 집단 주거 꾸려 살아가는 게 상례이거늘
너 어찌 된 연분으로 동족 떠나
낯설은 이곳을 삶터 삼아 깔고 앉았느뇨?

날이면 날마다 도서관 책의 향기
그윽하니 흘러넘쳐 나
마을 꽃들 왼통 시 읊어 대고
동네 강아지 죄다 음풍농월吟風弄月하니

내 2세 교육 위해 고향 멀리 이곳까지
이민 왔소이다, 큰일 했잖소!

지난가을 딱새 배 속 들어앉아선 창공 날아
비싼 항공료도 아꼈지
내 짝 당장이야 기러기 아빠
외론 신세 면치 못하지만
아이 성공 생각하노라면
이까짓 고생 일도 아니라오

아직 어려 잎새 옷 찢어지면
애기 똥 찔끔 지리긴 해도
노랑 얼굴에 노랑 똥
노랑 얼굴에 빨강 피보다
애교도 많구 지조도 있구
내 새끼래도 참 좋잖수!

오월의 신부

파란 하늘 캔버스에
오색구름 몽게몽게 수놓아 가고
금빛 찬란 봄날 햇살
평원 가득 눈부실 제
청보리밭 위 제비 한 쌍 쌔앵—
날렵하니 선회 비행

백설 드레스 공작 부채 꼬리 화사하니 펼치며
한 걸음 한 걸음 내딛노라면
떨리는 손 꼬옥 감싸 쥔 부케
뛰노는 맥박 놀 따라 한들한들 율동하고
베일 속 아미 분출하는 행복감 누를 길 없어
해맑은 미소 연신 터트린다네

장미의 요염 양귀비 뇌쇄도 오늘만큼은
관용이란 이름의 특별 열차를 타고
아카시아 꽃 아찔한 향기 좇는
꿀벌들의 잉잉거림 귀 간지럽히면
미려한 연미燕尾는 어느새
낭군 허리녘 점잖이 안착해 있지

피아노 건반음 흐르는 카펫 즈려밟아
함박웃음 두 얼굴 행진하고 알록달록 꽃잎들
머리 위로 하롱하롱 날릴 때
부부 탄생 포고인 양 공세리 언덕 위
성당 종소리 찬연하니 울려 퍼지고
성령 쏟아지듯 비둘기 떼 파드득
하늘 위 날아올라 축복 나팔 불어 대네

장미송薔薇頌

노시인 댁 처마 낮은 누옥
아담하니 가꾼 정원
오월 찾아오노라면
빨간 꽃봉오리 앞다퉈 벙글어
대문 담장 할 것 없이 그야말로 장관이었네

추녀 밑 노랑 부리 제비 가족 셋
저들 집 졸정원拙政園이라고 뻐겨
안 것 바깥 것 두서없이
긴 하루 수백 번 오도방정 들락날락
장미 완상 이골 났었지

노랑 분홍 장미 백장미 흑장미
업신여기잔 건 아니지만

푸른 오월 한 뼘 뜨락 욕심껏 단장키엔

이래저래 화사함이 으뜸이라

이심전심 금아 선생 빨간 장미 가꾸셨어

인간세 경국지색 팜므파탈 회자되듯

뇌쇄 요염 매혹 이면裏面 앙살 가시 감췄잖아

정열 남아 라이너 마리아 릴케

타오르는 열정 끝 목숨까지 바쳐선

장미 도도함 한껏 진작시켰다네

딸 손녀 낳아 이름 지을 적

서영 대신 장미 택할진대

도장미 마장미 문장미보단

오장미 탁월도 하지 해주 오씨 만세

장미 품고 가신 시인 빙그레, 잔말 말고 꽃이나 봐!

뿌리가 좋아야 하는 이유

여름꽃 1—자귀나무꽃

출근 숲길 무지개다리 건너서서

녹음 속 꾀꼬리 우는 유월이 오면

연분홍 자귀나무꽃 솜사탕으로 몽글몽글 터져

살랑살랑 미풍 타고 과객 유혹하누나

줄기 따라 나란하니 늘어선 초승달 잎들

별밤이면 다정하니 포개 금슬 부부

밤새도록 합환合歡의 정 나누기 분망

우리 부부 수류화개水流花開 사십 년 널 따라해 왔느니!

여름꽃 2—배롱나무꽃

울 아버지 영면에 드신 땅 동곡東谷

소서 대서 땡볕 더위 칠월이 오면

붉은 마음 배롱나무 꽃봉오리 알알이 벙글어

푸른 숲속 단아하니 천상 지향하누나

추위 약해 된서리 내릴 녘 꼬박꼬박 줄기 감싸

이듬해 청명 벗겨 줘야 해

번거로움 수고 신역 고되긴 해도

아버지 좋아하시니 그럼 됐지 뭘 더!

뿌리가 좋아야 하는 이유

여름꽃 3—능소화

내 친구 매당 서실 찾아가는 길

햇볕 내려앉는 동구 고샅 팔월이 오면

주홍빛 능소화 수직 추구 열정으로 타올라

지붕 넘어 담장 밖 낭창낭창 늘어지누나

하늘 업신여길 정도로 치솟는 패기

젊은 시절 매당 품성 꼭 저 꽃 닮았더니

꼿꼿함 아직 꺾이잖고 서예 일로매진一路邁進

꽃향 묵향 침잠하는 딸깍발이 외곬 넋!

고집불통

자고로 자연 만물에게는 제각각
다 때가 있나니
농부가 가을날 풍성한 수확 거두려면
눈부신 봄 때 놓치잖고 씨 뿌려선
뜨거운 여름 내내 김매 줘야 한다네
따뜻한 봄 햇살 대지 덥히노라면 이심전심
대지 위 온갖 꽃들 앞다투어 피어나선
벌 나비 유혹하기 여념 없지

화사한 꽃 열흘 가기 어렵나니
짧은 봄 서둘러 열매 맺어선
긴 여름 부지런히 키워 내야 하니까
비바람 견뎌 내 그럴싸한 작품 내놓으려면
아무래도 상춘 열흘 인심 과하다네

남들 다 꽃 거두고는 열매 무럭무럭 자라도록
세월아 네월아 늦잠 말미 하품 섞은 기지개
어떤 놈들인가 했더니 밤나무 그 옆 대추네

매실 앵두 살구 향 입 안 가득 퍼지는데
밤꽃 향기 혼몽하고 대추꽃 볼품없긴 원!
절기 입하 소만 훌쩍 지나
단오 망종지절芒種之節 치달리는데
염치없는 녀석들 도대체 열매는 언제 매달려고?
시작 미미했으나 끝 창대하리라! 할렐루야
우린 우리들 방식 있느니 허튼 걱정 마시라요
올 이른 추석 조율棗栗 담뿍 올려 드리지요

뻐꾸기 둥지

오월 둘째 주말 동곡東谷 숲
올해 들어 처음으로 아내와 함께
꾀꼬리 소릴 들었네
마치 얼음 위 은쟁반 굴러가는 듯 청량淸亮하니
암수 한 쌍 다정히 부리 비비대며
잉태의 기쁨 나누고 있겠지

두 주 후 토요일 녹음 더욱 짙어진 숲속
이번엔 목 잔뜩 쉰 듯한 율조
뻐꾸기 소리 들려오네
마치 목에 가시 걸린 듯 걸걸하니
서둘러 숲 찾아와 집 짓곤 알 낳은
순박한 새들 둥지 노리고 있다네

뿌리가 좋아야 하는 이유

어미 탁란조托卵鳥의 저급한 비열함이여

원초적 본능 피 내림받은 새끼의 잔인함이여!

노동의 수고도 양육의 모성도 내팽개쳐 버리고

타他를 착취하고 그 혈육까지 모조리 죽여 놓고도

숲속의 신사요 거룩한 교주연教主然 하고 있나니

둥지 짓지 않는 위선자, 필히 화 있을진저!

여백餘白

달항아리

왕유의 남종화

유유하니 흐르는

강물 위 한 폭 돛단배

상현달 아래 은은하니 빛나는

누항陋巷 모옥 지붕 위 박꽃

유튜브 트위터에

파이브지5G 돌파하고 식스지6G 진입

인간 위한 기술 득세하여

인공지능 외려 인간 지배 욕망 날름

정보 기술 앞세운 신흥 재벌들

지구인 통째 서열화 노예화 획책하네

뿌리가 좋아야 하는 이유

이전투구泥田鬪狗 적자생존適者生存 바닥

삼십 년 나름 직분 충실

군 복무 만 삼 년 세금 넉넉 꼬박꼬박

나 이제 자연으로 돌아가리라

별 뜨고 달 밝으면 시 쓰고 노래 부르리라

보름달 뜨면 가끔 이슬 아래 우화등선羽化登仙하리라

세 칸 집 독락당獨樂堂 들어앉아

명상과 독서삼매

더불어 채마밭 정원 꾸며 가꾸리라

어쩌다 벗 찾아오면

잘 익은 농주 한 사발 걸쭉하니 대작도 하리라

시선 시성 문 두드리면 깍듯하니 열어 드리고

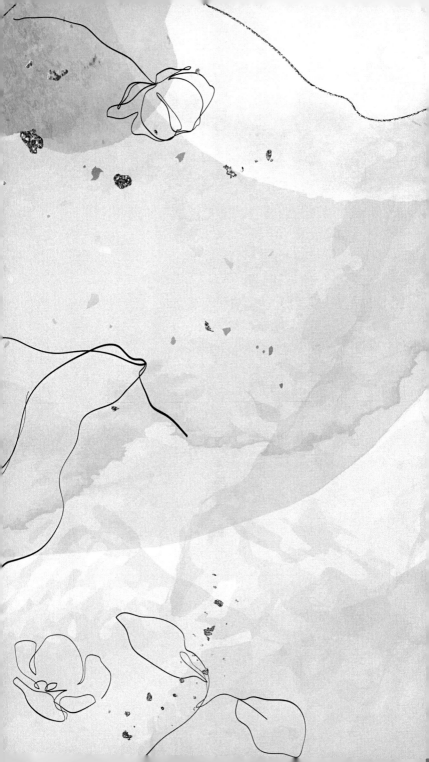

2부

중사자암 가는 길

분홍 자전거

우체국 건물 앞엔 지금도 예전처럼
빨강 우체통이 행인들의 시선을 끌고 있다
애석하게도, 떨리는 마음과 손으로 밤새워 쓴 편지를
행복한 미소와 함께 그 안으로 집어넣는 이는
더 이상 찾아볼 수가
없게 되었다

우체국 앞 공간 한편을 자전거 보관소가 차지하고
거치대엔 오늘도 분홍 자전거가
세워져 있다
안장이 낮고 프레임이 사선으로 짜여졌음은
주인이 여성임을 말해 준다
핸들 앞엔 장바구니까지 고정된 채
매달려 있다

다들 가난했던 시절엔

사랑에 빠진 아가씨가

먼 데 애인으로부터 온 편지에 대한

답장을 밤새 써 내려선

초록색 원피스에 이마 위엔 싱그러운 밀짚모자를 얹
고서

읍내 우체국으로

잘록한 허리를 곧추세우곤

청보리 넘실대는 황톳길 따라

하얀색 자전거를 달려서 갔다

분홍색 자전거가 긴 하루

제자리를 지켜 내고 있는 것으로 보아

자전거 주인이 편지를 부치러 왔을리는

만무하다

우체국 직원이거나 아니면

건물에 세 든 커피점 종업원이거나⋯⋯

그녀는 퇴근길에 시장에 들러

저녁 찬거리를 사선 바구니에 얹을 것이다

우체국 담장 너머 살구꽃이

핑크빛 쌍륜에게도 향기를 실어 보낸다

살구가 달리고 익어 떨어질 때도

분홍 자전거는 여전히 우체국을 오갈 것이다

고등어 비린내가 밴 하얀 철망 바구니 안에

장미 꽃다발이 실리는 날

오월의 햇살은 푸른 대지에 폭포수마냥 쏟아져 내리고

"편지요" 우편배달부의 낭랑한 목소리가

언덕 위 외딴 집에 울려 퍼질 것이다

뿌리가 좋아야 하는 이유

출근 숲길

배낭 메고 숲길 따라 걸어서
일터까지 출근하는 사내에겐
사시사철 동무가 많다
그래서 숲속에 들면 발걸음이
가벼웁기 마련이다

개나리 진달래 매화 살구꽃에
찔레꽃 명자나무꽃 밤꽃 아카시아
딱따구리 박새 직박구리 꾀꼬리는 덤이요
운 좋은 날엔 다람쥐 청설모에 멧토끼까지

숲속 벤치엔 계절을 상관 않고
아침부터 부지런한 노인들이 짝지어 앉아
도란도란 한숨도 섞인 인생사 얘기꽃을 피우고

젊은 처자들은 개를 끌거나
또는 팔을 휘저으며 숲길을 가른다

비가 오는 숲길은 우산을 쓰고 걷고
눈 내리는 날이면 아껴 뒀던 까만 중절모를 꺼내 써
본다
어쩌다 마주치는 사십 대 여인이 은근한 추파를 던
져 오고
선글라스 낀 여주인을 따르는 개도 이제는
낯이 익은지 꼬리를 흔든다

숲길 좌우로는 남녀 공학인 중학교와 경찰서 동사무
소
재판소와 세무서 우체국과 모텔이 연이어 등장한다
소나무에 걸려 있던, 작고作故 시인의 시를 적은 판자
는
언젠지도 모르게 떨어져 나갔지만
시는 내 가슴속에 살아남아 알싸한 꽃이 되었다

출근 숲길은 퇴근길이 되고

점심을 위해 한 번 더 그 길을 왕복하다 보니
영락없는 삼식이가 되었건만
고맙게도 아내는 여태껏 짜증 낼 줄을 모른다

숲은 봄 여름 가을 겨울 풍경이 담긴 활동사진을
열심히 돌려 대고
비가 오나 눈이 오나
무념無念한 중늙은이가 숲길을 걸어간다
이런저런 부류의 사람들이 스쳐 지나가고
아까운 세월도 따라 흐르고……
아무래도 이 몸은 시나브로
가난한 철학자가 되어 가는 것만 같다

은퇴지변 隱退之辯

정년은 고사하고 오십 초반 직장에서 밀려난 친구들
자격을 빌미로 먹고사는 날 향해 목을 빼곤
마냥 부러워했었지
아무개는 돈 잘 벌고 게다가 평생직장이니
얼마나 좋겠느냐고

공직을 누리는 동무들 나름
신분과 정년 보장받으면서도
장수 시대 사는 나를 한껏 선망했었지
넌 죽을 때까지 벌 수 있잖아
자기들은 봉급이 쥐꼬리라 늘 어렵다며
술값 밥값 왼통 내게 떠넘겼었지

막상 예순넷 서둘러 은퇴 결심하노라니

　　　　　　　　　　　뿌리가 좋아야 하는 이유

젊었을 적 하 좋은 시절 파노라마 앞에

만감 교차함 어쩔 수 없네

제법 벌고 많이 쓰긴 했으되

인덕人德이 부족한 게 흠이라

승진 진급과는 거리 멀어 과장 부장 직함조차

가져 본 적 없고

명예퇴직 혜택도 퇴직금도 한 푼 없긴 할 터이지만

이래 봬도 중늙은이에겐 귀거래사 읊을 땅

동곡東谷이 있잖은가

교교한 달빛 매화 핀 언덕 보듬고

곰솔 위 온갖 새들 쌍쌍 깃드는

그곳 동산에 늙은 아내와 둘이서 쑥부쟁이 국화 심고

손주들 먹일 감자 옥수수 키워 내련다

어쩌다 바람 부는 날이면

조사서래의祖師西來意라도 궁구해 보면서

중사자암 가는 길

암자 가는 길 멀고도 험난하지
흙길 바윗길 두 시간 남짓
두 발로 걸어 뚜벅뚜벅 올라가야 하니까
계곡과 나란한 세조世祖길 따라
세심정洗心亭 가까울 무렵이면
속세간 잡념 망상 대충은 떨어져 나가네

오르막에 난데없이 가파른 내리막 툭 튀어나옴
우리들 인생 행로 똑 닮아 버렸지
낙락장송 바위 앉아 땀 식히다 보면
한 줄기 바람 쏴 하니 훑고 지나간다네

봄가을 암자 찾아갈 적 달리 가져갈 건 없고
국수 즐기는 산승 위해 배낭에

뿌리가 좋아야 하는 이유

버들표 서너 뭉치 꼭 챙겨 가지

머리 헝클어진 객 늘 깍듯 맞아 주고

평정심으로 중용 지향하는 품성

손수 끓여 공양 해결하고 산중 땔감 구해

지게질 마다치 않는 스님 행보

만날수록 좋더라

참선 수행 경전 번역 넉넉 삼십 년

십분 깨쳤지 싶소

부지하세월不知何歲月 산속 들앉아 웅크리고만 있을

게요?

세존께서 득난망得難望 법 진리

설하진 않았을 테고

외려 몸 묻은 진흙 닦아 내면

누구나 부처 될 수 있다 했느니

단박 지혜의 수레바퀴

굴리심이 어떠하뇨?

연등을 다는 마음

부처님 이 땅 오신 날
탄생 기리고 더하여 복 기원하느라
세상 사람들 말쑥하니 단장하곤
산사 찾아 연등 거네

부지런한 신도들 화사한 연꽃등
곱게 불 밝혀선
제등 행렬 밤 이슥토록 거리 골목 노닐며
소원 성취 무병장수 사업 번창 간원들 하지

어느 해 초파일 암자 올라 아픈 벗 위해
연등 꼬리 축원쾌유祝願快癒, 다른 해엔
가족 위한 발원문 국태민안國泰民安
또박또박 적어 넣었지

뿌리가 좋아야 하는 이유

세 해 연속 역병 돌아 안개 속 산승 찾지 못하고

부득불 마음속 작은 연등 걸고 불 밝혔더니

세존 실눈 번쩍, 너 진리를 좀 아는구나!

염화시중拈華示衆 내리시네

오수午睡

하늘 향해 쭉쭉 뻗은
오월 숲속 울울창창 떡갈나무 소나무
질세라 나란하니 양어깨 겨누고
서늘한 그늘 내려 여름 재촉 쉴 겨를 없네

짙은 녹음 저 위 터진 여백으로
흰 구름 뭉게뭉게 오후 햇살 가리노라면
바람 살랑 벤치 앉은 도회인 뺨 간질이고
숲 바깥 달리는 차량들 배기음
한 줄기 시냇물로 흐르네

아카시아 찔레꽃 향 콧등 위 알싸하니
이 몸 까무룩 오수 속 달콤함 빠져들고
이쁜 순이 초원 위 무지개 살풋 스쳐 갈 때

뿌리가 좋아야 하는 이유

폭포 밑 소용돌이 기다렸다는 듯
꿈속 육신 낚아채 가네

요란벅적 새소리 놀라 선잠 깨어나 보니
불청객 까치 셋 나뭇가지 건너뛰며 시끌소란
불륜 들통? 아님 하나 놓고 둘 맞짱?
자고로 세상사 복잡다단 인간 금수 구분 없지

그새를 못 참고 옆 벤치 끼어들어 퍼질러 앉아
눈치 없이 전화 수다 떠는 중년 여인 땜에
순이 무지개 이을 기회 놓치긴 했으나
낮잠 원래 짧을수록 감칠맛!
찔레 향 심호흡으로 자리를 터네

뿌리가 좋아야 하는 이유

중계방송

오곡백과 무르익어 가는 가을날

숲속 밭 땡볕 아래 덥수룩 부부 일하는 중

가을 햇살 찬양하는 시인들 적진 않지만

당장은 땀 젖은 양어깨 열기에 푹푹 익어가는걸

더위 지친 육신 짜증 마냥 불러오고

낫 집어 던진 남편 손바닥 그늘 찾아 슬금슬금 꽁무니

두 무릎 사이 처박은 얼굴 양 눈 화등잔

풀밭 위 애기 업은 엄마 곤충 출현

녀석들 이름 모르겠고 암튼 풍뎅이 비슷 몸통 온통
시커멓고

지금부터 생중계입니다 곤충 한 쌍 생식행위 중입니다

이곳 현장 숲속 풀밭 현재 시각 백주 대낮

하늘 맑아 햇빛 쨍쨍합니다

많은 이들 이 곤충들 행위 어미의 새끼에 대한
모성애로 잘못 알고 있습니다
하기사 중계 아나운서도 오십 년 이상 그 대열에서
벗어나질 못했습니다만

덩치 큰 암컷 다리 심하게 떨고 있군요
아마도 고통에 기인한 자연 반응으로 여겨집니다
쾌락의 발로라면 이틀 멀다 하고 업을 터인데
이 녀석들 신이 부여한 섭리 따라 번식 위해서만
업고 업히니까요
현재도 이 커플 거시기 한창 몰입 중이지만
시간 관계상 중계방송 여기서 마치겠습니다
결과 포함한 나머지 소식 정규 뉴스에서 자세히
전해 드리겠습니다
본 스튜디오 마이크 받아 주십시오

하늘 올려다보니 수고했다며 흰 구름 양산 그늘 드리
우고
산들바람 흥분했는지 느닷없이 알레그로 콘 브리오
로 변환

지근거리 중계 시청자 홍조 띤 얼굴로 쯧쯧 당신도
참!

어느새 노동 피로 썰물로 물러나고 활력 큰 걸음으로
성큼

자! 시방 신시申時 즈음, 우리에겐 마저 할 일 따로 있
지요

재회 | 再會

수요회 육십 늙은이 둘 칠십 어르신 일곱

얼굴 닮은 할배 할매 짝지어 맞춰 놓고 보니 도합 아

홉 쌍

지금은 거개 은퇴자 신분 면치 못하지만

각자 하던 일 직업 골고루 다양하니

매달 셋째 주 수요일 꼬박꼬박 모임 열어 왔지

하절기 오후 여섯 시 해짧은 동절기 십칠 시

상대에 대한 배려 존중 기본이요

더 나은 사회 지향 산책 독서 취미 겸유

감사와 작은 것에 대한 소중 공감 잔잔하니

매해 한두 번 정기 여행 재미 쏠쏠도 하지

터키에 중국 사천성 귀주성까지 광폭 행보

비싸진 않지만 맛있는 음식 선호 취향 나란하니

뿌리가 좋아야 하는 이유

듣도 보도 못 한 역병 코로나19 탓

스물일곱 번 회합 무산 얼굴 못 본 지 꽤나 오래

지루하고 긴 어둠 터널 갇힌 막막한 시간

다 어디서 뭣들 하며 숨 쉬었는지……

시집 간 딸 결혼 피로연 잠시 미뤄 두자 했었는데

그새 외손녀 아장아장 중국 가 살고 있지

자연 근원 색상 회귀하는 수염 보기 싫어

매일 아침 흰 거품 턱 예리한 칼날 들이대 겁박해 보
지만

무심 세월 가을 서리 주인 몰래 머리 위 사뿐하니 내
려앉고

우체국 통장 국민연금 매달 차곡차곡 살림 보태 쓰
라네

당뇨약 상시 복용 핼쑥 아내 임인년 오월 모임 설레
는 듯

등 뒤 감춘 브라운 커플 슈즈 내밀며 생긋

기분 좋은 날 닭살 커플 되어 보자 하네

해결책

동곡東谷 경사면 심긴 감나무
너덧 해 전 여름 폭우에
흙과 함께 몽땅 휩쓸려
속절없이 뿌리 드러낸 채
맨 땅 위 땡볕에 나앉기도 했지만
아내 지극정성 보살핌 속
잘 자라 줘 지난가을 처녀감
예쁘고 아담하니 다섯 내놨지

감나무 쑥쑥 커 가
안주인 키 훌쩍 넘어가니
손바닥 잎 틈새 맺힌 감 찾으려면
목 뒤로 바싹 젖혀 쌍심지 눈 해야 겨우
달린 감 쉬이 따려면

하늘 향해 뻗은 굵은 가지들
과감하니 쌍둥 잘라 내야 한다 노래하네
쟤네들 키우면서 임잔 키 안 크고
어딜 가서 뭐 했노?

감나무 재질 물러
가지 상처 눈비에 썩어 들어가
끝내 고사목 된다는 말 들은 적 있어
자르지 말자 하니 마나님 서운 감정 역력
화장실 쭈그려 앉은 새 절충책 퍼뜩
감나무 하나 자르고 하난 놔두고
서너 해 지켜보아 자네 방식 적절타면
그때 한 녀석 마저 잘라 내도 과히 늦지 않으리

연꽃 피는 계절

소서 대서 염천

서늘한 한 줄기 바람 속

너른 연못 빙 둘러 연꽃 빼곡 들어찼네

새색시 발그레한 볼 빼다 박아

은은하니 향기 흘려 바람 따라 나폴나폴

옛 선비 고고함인가 남녀상열지정男女相悅之情이런가

주돈이 애련설愛蓮說 읊으면서

향원익청香遠益淸 불러냈고

표암 단원 붓 들어 연화 쳐 나가면서

개구리 풀벌레 잠자리 한 쌍 공간 내줬지

클로드 모네 의기투합 동양미 농염한 수련 그려 냈고

석가모니 부처님 연꽃 좌대 위 설법 베푸셨네

그대 순조純祖 대 선천 출신 명기 부용芙蓉 아시는가

평안 감사 김이양 대감 사후 수절했지

사람들 연못 연꽃은 아니 보고

왜 제방 위 거니는 내 얼굴만 쳐다보냐던 그녀

태화산泰華山 영감 묘소 곁 몸 뉘였다네

궁남지 연꽃 아무리 예쁘다 한들 해마다 현석 꽃 앞에선

기 못 펴고 주눅 들더군

국수 먹는 저녁

여보! 저녁은 뭘로 드실래요?

간단한 걸로

간단한 거 뭐?

국수나 먹지

그거 간단한 거 아니어요

콩국수 콩 불려 갈아야지

비빔 호박 썰고 곁들일 국물까지 끓여 내야지

그래도 국수

아내의 거안제미擧案齊眉 국수

맛있게 먹어 주는 게 최소한의 예의지

콩국수 입술 새로 흘러 들어가며

방울새 날개짓 소리 포로록 포로록

비빔국수 이빨 사이 말려 들어가며

뿌리가 좋아야 하는 이유

이발소 비누 거품 머리 위로 물 쏟을 때 물켜는 소리

흡흡

내자 혈당치 높아 국수 회피 음식이언만

영감 사랑 면발 위 고명으로 사뿐 얹힌다네

저녁 설거지

내 듣자 하니

누군 십 년간

밥해 주겠다 약속하고

여자와 결혼했다던데

내 혼인 서약 사십 성상 지나도록

여태껏 철 안 나 밥할 줄 모르고

일말 뒤늦게 철나 저녁 설거지

망칠몔ㄴ 즈음 시작했다네

젊었을 적

술 과하니 즐긴 탓

이젠 한 모금도 못 마시게 된 벗 일갈

대장부가 어찌 감히 설거지를

호통 친구 우 언약 사내 좌

뿌리가 좋아야 하는 이유

순리상 이게 맞을 것 같은데

밥해 주는 남자 하는 태態 뭐로 보나 우

설거지 이 몸 엎어치나 둘러치나 중도中道 불변

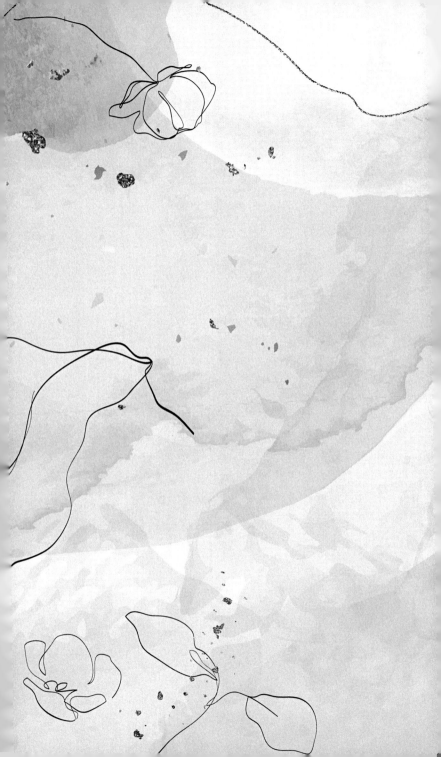

3부

독락당 상량

조우(遭遇)

이월의 끄트머리
맑고 포근한 오후 골라
느긋하니 나선
숲속 산책길

뒤따라오던 아내가
발견한 양지녘 파란별꽃
앞선 내가 놓쳐버린
바로 그 꽃무더기

새해 들어 처음으로 조우한 야생화가
복수초도 아니요
생강나무꽃도 아니네
앙증맞은 이 꽃 이름이 대체 뭐지?

뿌리가 좋아야 하는 이유

세상 사람들 갖다 붙인 이름 왈
큰개불알풀
이 땅 위 하고많은 좋은 이름 다 사양하고
왜 넌 하필 이런 천박한 이름을 타고 났니?

햇살 쏟아지는 이 자리엔 의당
양지꽃이 자리해야지
너 왜 함부로 기어나왔어?
파리한 얼굴빛 내자가 연신 지청구 해대더니

개불알풀꽃의 추파가
옆에 선 늙수그레한 사내는 제쳐두고
아미(蛾眉) 위에 쏟아짐을
눈치채기라도 했는지

이름이 좀 발칙하기로소니 그게 뭐 어때요
자태가 고우면 그만이지……
그리하오면 내 부케로 엮어서
임자 손에 꼬옥 쥐어 주리다

별리(別離)

첫돌 갓 넘긴 손녀는 겨울의 끝자락 꼭두새벽
공항 발권장 의자 위에서
우유가 담긴 젖병을 흡흡 빨아대다가 내려놓고는
이내 어미 품에 안겨 출국장 안쪽으로
총총하니 멀어져 갔습니다

딸이, 먼저 떠난 남편 따라 먼 남쪽나라에서의
외국생활을 시작하기 위해서라고는 하지만
손녀는 팔십일 간 미운 정 고운 정 다 들여놓고는
마치 한 푼 미련조차 남아있지 않기라도 한 듯
홀연히 부부 곁을 떠나가 버렸습니다

손녀의 체취는 마저 먹지 못한 채 놓아두고 간
식탁접시 딸기 위에 베어 문

뿌리가 좋아야 하는 이유

잇자국으로만 남았습니다
쥬쥬 빨다 만 젖병 속 뿌연 우윳자국으로만
늙은 부부 앞에 덩그러니 남았습니다

신문 읽다가 눈가에 촉촉하니 배어드는 물기를
아내에게 들켜버린 화창한 봄날 아침
사내도 우는 날이 있느냐는 타박에 소용없는 줄은
알면서도
사나이가 울긴 왜 울어, 그새 노안이 심해졌나 봐
머쓱하니 변명해 봅니다

뿌리가 좋아야 하는 이유

약속

아들 며느리 외출한 사이
손자 녀석 두 팔로 꼬옥 움켜잡아
안방 깊숙이 드레스룸 거울 앞으로
얼굴을 들이민다
무엇이 궁금한지 아내가 설거지를 뒤로 하곤
한달음에 달려온다

흩뿌려진 눈썹을 검지손가락으로 짚어가며
요 녀석 눈썹이 왜 이리 못생겼어?
뭉툭한 콧등을 엄지지문으로 꾸욱 눌러대며
너 이 녀석 코 모양새가 이게 뭐야?

죄 없는 손자는 무슨 소릴 하는지
제 딴에는 다 알아 들으면서도

어색한 분위기를 얼른 벗어나보고자 하는
의도에서인지
아니면 지적을 솔직히 인정해야 하는
속절없음의 발로에서인지
거울 속 제 얼굴을 대면하며 실없이 웃어댄다
나란한 둘도 덩달아 웃는다

녀석은 이내 표정을 바꾸곤 거울 속에 든 영감을 향해
서운함의 눈빛을 쏘아댄다
할아버지! 이전엔 나를 이렇게 대하질 않았잖아요?
앞으로 뒤로 업고 매달고는 숲길 산책도 해주시고
모처럼 찾아 왔다며 케이크에 촛불 켜고
박수도 쳐주셨잖아요?

그래, 그 말도 맞긴 맞다
한때 그런 일들이 있었었지
그땐 네 녀석이 아장아장 걸음마도
하기 전이었다
오늘 받은 설움을 갚아주고 싶거들랑
꼭 훌륭한 인물이 되어라

그건 먼 훗날의 일이고
당장은 네 어미에게 할배가 어쨌다는 둥
일러바치지나 말거라

어린이날 선물

화상전화 빼꼼 얼굴 내민 손자녀석
임인년 어린이날 선물 명세로
스케이트보드 세트 척하니 들이민다

한량없이 귀염주고 너도 기꺼이 따르는
저쪽 할아버지한테 사달라는 편이
빠르고 이래저래 아무튼 좋을 텐데

고녀석, 앙 다문 입술에 고개 가로 저어대며
아니어요 이건 꼭 친할아버지가
사주셔야 해요 정말로요!

화면 밖 가빠지는 며느리 숨결 있어
한마디 내뱉어주고 싶지만, 이번에도 꾸욱-

뿌리가 좋아야 하는 이유

'네 어미가 그리 말하라 시키던?'

오늘은 비록 "요 꼬마 정 아무개 손자래"지만
훗날 "이 영감탱이가 정 시이오(CEO) 할배된다네"
바로 그날 위해 안색 바로잡곤
어험! 지갑을 연다

뿌리가 좋아야 하는 이유

동곡(東谷)에 배롱나무 있어
소서 대서 염천에
파란 하늘 배경 삼아 뭉게뭉게
다홍빛 정념을 꽃으로 토해 내누나

살아생전 배움부족 늘 서러워하셨던 아버지
극락정토에서라도 수양하고 덕망 쌓으시라고
청산 무덤가에 선비 상징나무
심어드렸지

문약(文弱)을 타고나 유별나게 추위에 약한지라
늦가을에 두툼한 방한복 입혀주면
사월 문턱 넘어서야 마지못해 옷벗겠다
청한다네

오호라! 그러께 혹한에 일곱 배롱 중

넷 얼어 죽더니만

여름오자 셋의 조카되어 기어코 꽃들을 피워냈지

뿌리가 좋으면야 줄기 상한다 해도

살아나는 법이라고 재잘대면서

망칠(望七)도 넘긴 큰아들 내외 번거로움

마다하지 않더니

가문이 잘 되려면 뿌리가 튼실해야 한다고

배롱꽃 그늘에 누워

아버지 파안대소 하시네

독락당獨樂堂 상량

우직하니 고향 지켜 가며

율사의 길 걸어온 지

어언 춘추 서른 둘

그새 강산 세 번 바뀌었구려!

제 딴 열심히 산다고는 했으나

무심한 세월 흐르고 흘러

머리 위 허연 서리 내려앉고

기력 쇠해 눈 침침 귀 희미

칩거 보금자리 찾아

여덟 달 발품 끝

인연 닿아 마련한 집터

목천골 동평리 서래마을

별서別墅로 독서 사색 달콤한 휴식

뿌리가 좋아야 하는 이유

벗 찾아오거들랑 음풍농월吟風弄月 담소하며

채마 심고 화초 가꾸리라

단출하니 방 한 칸 거실 주방 뭉뚱그려 두 칸

능선 줄기 뻗어 나와 삼지창 형세

가운데 자락 흘러내려 중턱 왼쪽 북풍 면한 곳

정면 아득 완만한 봉우리 들고 나고

중경中景으론 썩 굵은 시내 넘실넘실 흘러가지

임인년 사월 중순 첫 삽 뜬 이래

화창 날씨 힘입어 건축 공정 착착 진행

유월 열여드레 용구길상龍龜吉祥 얹어 상량하노니

유유자적 홀로 세상 즐길 날 머지 않았다네

내 친구 양현석

내게도 마음 맞는 친구

서넛 있지

명규 수용 만규 종익

아 참! 경재 친구도 넣어 줄 만하네

마음 주고받은 지 짧게 이십 년

길게는 삼십 년이야

사귀다 보니 세월 강물처럼 흘러갔고

우리들 청춘 미꾸라지 빠져나가듯 멀리 달아났어

이젠 벗들 죄다 술잔 놓아 버렸고

손자 손녀 재롱 입방정 분주하지

이순 지천명 잇는 다리 위

중간쯤 건너가고 있는 주제

새론 친구 만드는 것도 부담이요

있는 벗들 잘 간수하는 게 상책이지
다정한 친구들 들으면 서운할지 모르지만
내겐 사십 년 지기 한 사람 있다네
성은 양이요 이름은 현석
엔터테인먼트사 유명인 아니고 가진 돈 많지도 않아
하지만 마음 착하고 경우 바르고 의리도 꽤 있지
그러니까 사십 년 풍상 이어 올 수 있었잖겠어?

솔직히 말해 그와 나 사이
청춘의 피 끓던 시절엔
다툼 싸움 많기도 했지
둘 다 자기주장 강한 데다가
상대방에 대한 이해 배려 안중 없었으니까
심중 모난 돌 물 바람에 쓸리고 깎여
이제사 반석 위 둥글 반들 조약돌로 자리 잡았지
현석이 밥집 차려 밥 공짜로 먹여 줘
아파트 방 한 칸 내줘선 맘대로 뒹굴라지
이 친구 가끔씩 옆구리 시리다며 함께 자자네

신경전

살구나무 사다 심은 지 한 해 두 해 세 해

해마다 사월이면 꼬박꼬박 살구꽃

꽃 좋은데 웬일이지 살구가 안 달려

살구 많으면 실컷 먹고 나머진 잼 만들기로 얘기해
놨는데

이상도 하다 왜 안 달리는 거야 너! 살구

네 해째 살구 기다리다 지친 아내 화 잔뜩

풋살구라도 좋으니 일단 한번 내놔 봐

결혼 사 년 차 우리 며느린 언제 애 낳으려고……

애들이 나 골탕 먹이려고 작당들을 했나?

내년 또 안 달려 봐라 쌍둥 잘라 버릴 테니

며느리 애 가졌단 소식 기약도 없는 차

한낮 땡볕 제법 따가운 가을날 톱 들고 살구나무 위
올라

어른 팔뚝 굵기 본줄기 세 개 싹둑 잘라 내더니

이마 위 송글송글 땀 맺힌 얼굴 한 채 톱 치켜올려 왈

봤지! 난 한다면 하는 사람이라구

다다음 해 춘삼월 핑크빛 살구꽃 선사하더니

푸른 잎사귀 가지마다 살구 열매 매다는 서글픈 나무

혼쭐나서 지레 겁먹고 살구 내놓는 건 아니어요

단지 댁 손자 손녀 살구 맛볼 수 있는 날 기다려 왔
을 뿐이죠

강화 손자 민살구 광저우廣州 외손녀 살구잼 베리 굿!

합작合作

인연 닿아 찾아간 산 설고 물 선 땅

휴전선 맞닿은 최북단 섬 강화

고려 조선 항전의 아픈 상흔이

염하와 더불어 유유히 흐르는 역사의 현장

그곳서 시대 흐름 거스른 채

거창하니 인문학 서점 연 아들

'가망불망可忘不忘' 간판 시작터니

여의치 않은지 '소금빛 서점'으로 개명

애야! 요즘 세상 사람들 책 안 본단다

아무리 그래도 세상 지키는 빛 소금 될래요

학부모 직업 책방 주인보담

출판사 사장 훨씬 낫잖겠어?

무관하진 않은 영역인지라

나름 씩씩하니 시작한 가망불망 출판사
직원 하나 없이 홀로이 북 치고 장구 치고
아들 뜻 가상히 여겨 원고 넘겨주는 아버지
처녀 출간 『에게해에 뜬 눈썹달』
명맥 끊길까 봐 머리 가슴 쥐어짠 결과물
『아버지의 기침 소리가 새벽을 깨우고』
가다 보니 전속 작가 등극 『대통령의 한숨』

아들 아버지 향한 존경심 발로런가
독서 탐닉에 작가 반열 진입 유도해 대니
부쩍 약해진 시력 혹사해 가면서도
눈이 오나 비가 오나 읽고 또 쓰고
그려도 명색이 출판산데
일 년에 한 권씩은 내야 하지 않겠니?

시집은 페이지 얇아 부담 적을 터이니
함 시인에게 시 원고 좀 달라해 보지 그래
저희 출판사 무명이라서 응하지 않을걸요
그렇담 아들 위해 내 다시 한번 나서 보는 수밖에
아이구야!

　　　　　　　　　　　뿌리가 좋아야 하는 이유

주력삼대酒歷三代 1—아버지

아버지 평생 술 좋아하셨지

중신아비 젊은 처자 댁엔

밀밭 옆에만 가도

취한다고 정반대로 고했다지

주막 찌개 안주로

마시느니 둘 셋 어울려 늘 소주

주모 어쩌다 살랑살랑 술 따르지만

손님 요구 아닌

술집 매상 올릴 요량에서 비롯

아버지 일편단심 술 좋아하셨을 뿐이라네

주력삼대 2—나

나 아버지 빼다 박아 술 좋아했지
고뇌에 찬 청춘 시절
열 살 많은 이들과도 격의 없이 어울렸어
일자리 안정되고 혈기 방장 시절
이틀 멀다 하고 퍼마셔 댔지
술 따라 주는 여자 줄 섰고
붉은 입술 작부들 젊은 손님 매너 있다고 좋아들
했지
음풍농월 술벗 셋 먼 길 떠나셨고
이 몸 기력 아직 괜찮긴 하나
망칠멸亡 접어들어 새론 즐거움 찾았다네

뿌리가 좋아야 하는 이유

주력삼대 3—아들

아들 호주好酒 내력 이어받잖고

틈 생기면 생기는 족족

할렐루야 찾기 바쁘다네

대학 시절 독일문화사 종강 파티

교수님 아들 맘에 쏙 들어

한잔 따라 주겠다고 술잔 건네

전 술 안 마시는데요 단박 거절

사부님 얼굴 일그러지더니 급기야

학기말 성적 시원찮게 시 마이너스

두 돌 손자 아비보단 할배 닮았으면 좋겠네

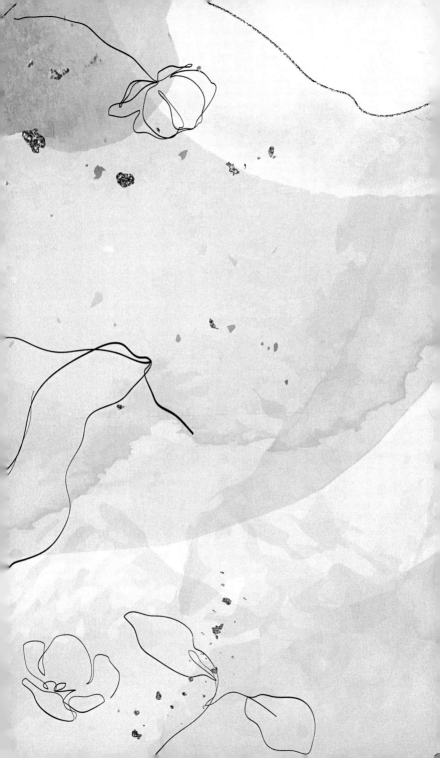

4부

모나리자의 미소

꿈에 본 내 고향

오로지 남 전쟁 수발 위해

내 의사 상관없이 막무가내 끌려간 땅 사할린

식민국 패전 끝 버려진 애꿎은 신세

대체 이를 어찌하노!

끌어간 자들도 되돌아가야 할 고향 나라도

자네들 진즉에 잊었노라

러시아 국적 와락 받을 수도 없다 보니

무국적 신분 수두룩

남쪽 귀향 목 뺀 채로 마음 몸

시나브로 새하야니 바스러졌지

이 조국 동토에 고운 님들 버려 뒀지만

실향민 그리운 아버지 나라

뿌리가 좋아야 하는 이유

한시도 잊은 적 없어
한잔 술에 떠나온 부모 형제 생각 울컥할 때면
「꿈에 본 내 고향」
불러 대며 눈물 흘렸지
'고향이 그리워도 못 가는 신세
저 하늘 저 산 아래 아득한 천리……'

귀향 날 손꼽아 기다리다 스러진 애달픈 영혼
정처없이 떠돈 지 이미 오래고
후손들 늙어 이 땅 밟았으나
섬 남겨진 딸 손자들과 또 다른 이별
역병 도니 오도 가도 못 하는 북국 고향 그리운 자손
기구한 이 내 팔자
어느쯤에나 끝나려나

뿌리가 좋아야 하는 이유

삼총사

내 아는 인숙이 영숙이 현석이 세 여자
자기네들끼리 얼굴 익힌 지 어언 사십 년
서방님들 이십 대 때 고시생 신분 닮은꼴이지

명숙이 언니 인숙이, 영미 언니 영숙이
인석이 언니 현석이
인숙이에겐 언니 있는 게 늘 자랑이고
영숙이와 현석이 충청 고을 초중고 동창생
나름 의지처라네

잣골 가평 친정 둔 인숙이
둘째 딸답게 항시 생기발랄
목청 크고 웃음 끈 쉬이 놓쳐 버려
상가喪家 눈총받기 일쑤

현석이 황소고집 돈키호테 저리 가라
영숙이 남편 구박 셋 중 으뜸이라

어느 해 팔월 폭우 퍼붓는 고추밭 한가운데 농막
부군 둘 낮술 못 이겨
골바닥 드러누워 코 고는 와중
풋고추 한 소쿠리 반주도 입 아니 대고
셋이서 몽땅 먹어 치웠지

인숙이 딸 둘, 영숙이 현석이
공히 딸 하나 아들 하나
영숙 씨 현석 씨 사이 좋게 손녀 하나 손자 하나
인숙 씨 욕심 많아 손녀 둘에 손자 하나
남편 자식 뒷바라지 아웅다웅하는 차에
세월 훌쩍 꼼짝없는 육십너덧

'숙'으로 돌림자 맞춰 보자
둘 하나 볼 때마다 성화인데
너희들 말 따르다 보면 내 낭군 기 꺾인다!
내리 사양 언로 차단

풍진에 세상 이치 통달한 듯 셋이서 대로 활보
서리 맞은 남정네들 쫄랑쫄랑
아이구야!

개 끄는 여자

눈부신 햇살 아래
선글라스 여인
개 끌고 간다
가만 보니, 아니!
개가 여자를 끌고 가는 거다
뚱뚱 허우대 개 보조 맞춰 따르느라
발 헛딛기 일쑤 헉헉헉 숨 가쁘다

집 밖 나가자고
아파트 거실 떼쓰며 으릉깽깽
산책 나와 준 주인
종 다루듯 마구 끌어 대며
천방지축 나대는 꼴
도통 얌전하니 나아가지 못하고

이리 컹컹 저리 킁킁

목동 휘파람에 양떼 모는 개
늑대 약탈 대비 불침번 서는 개
북국 설원 썰매 끄는 개
세상엔 좋은 개들 얼마든지 있나니
주인의 주인 노릇 착각 건방 그만 떨고
여기 찔끔 저기 찔끔 싸 대지나 말고
인간에 대한 예의 숙지 수분수守分數!

반려 伴侶

생각 행동 함께 하는 짝 되는 동무
반려라 칭하자면
백년해로 쪼글 꼬부랑 노부부
호칭 수여 부족함 추호도 없지

뱀 지나간 두 바위 사이로 물 흐르기 오래이더니
청춘들 이런 사정 저런 이유 독신 생활 고수요
짝 잃은 늙은 외기러기 동네마다 그득
두 발 걷는 반려 빈 공간 네 발 일색 들어찼네

철천지 부모 원수 반려라며 품 안고 등 업어 쥬쥬
부모 환생 반려 병들었다 내버리곤 가차 없이 돌아서
네
몰라보고 한 짓이라지만 불효막심 한량없어

뿌리가 좋아야 하는 이유

하기사 성인 말씀 원수를 사랑하라, 선인들 고려장
서슴없었지

고액권 지폐 다발 장롱 속 고이 모셔 반려전伴侶錢
금괴 뭉치 금고 안 깊숙이 애지중지 반려금伴侶金
네 발 반려 위풍당당 무지개 동산 활보해 대고
발 없는 반려 어둠 속 침잠 해탈의 날 준비하는데
백년가약 세파 지쳐 이혼 불사 가정 파탄
오호애재라!

벤치에 누운 남자

술맛 나는 유시酉時라고는 하나 해 길어
사선 긋는 햇살 제법 따가운데
도로 낀 공원 한편 벤치 위
더벅머리 젊은 친구 드러누워
세상 모른 채 잠들어 있네

벗어 놓은 슬리퍼 발밑 널브러지고
맨발 쑥 삐져나온 바지 꼬기작꼬기작
헝클어진 이마 위 머리카락 땀 배드는데
가슴속 무슨 슬픈 사연 품었길래
땡볕 아래 모로 누워 잠 빠져들었는가

고향 어디고 부모 형제 누군지
날개 꺾여 방황하는 아들 처지

뿌리가 좋아야 하는 이유

근친들 알고는 있는지……
취업 결혼 만만찮은 험난한 시대 통과
가시밭길 맨발로 핏자국 찍어 가며
증명해야 하는 너, 불운한 세대여!

비 오는 밤 잠든 아내 곁에 두고
홀로이 불 밝혀 두보 읽을 수 있는 여유
그건 정녕 나 혼자 성취한 행복 아니어라
햇무리 지고 서산마루 해 기울어져 가는데
이 청년 지친 영혼 감싸 줄 곳
세상 그 어드메뇨?

보자 보자 하니

아파트 순례 목요 장터

오전 아홉 시 반 남짓

오늘 첫 매상 조짐 보일듯 말듯

조왕竈王 원력 발심 학수고대커니

포도상자 진열하는 촌부村婦 손 투박하니

알록달록 차려입은 해말쑥 중노中老부부

트럭 적재함 바싹 붙어 서선 헤적헤적

이 상자 포도송이 뚝 따선 요 구멍 쏘옥

저 박스 포도 알갱이 휙 훑어 조 구멍 꾸욱

청포도 싱겁다 먹포도 먹을 만하다 이중창에

개구리눈 끔벅

뿌리가 좋아야 하는 이유

지갑 속 지폐 없진 않을 터인데
태연자약 처억 하니 복숭아 트럭 향해 게걸음
안 사는 건 선상님들 맘이라 쳐도
불알 떼인 내 새끼들 얻다가 팔아먹는다냐
마수걸이커녕 오늘 재수 옴 붙었네, 으이구!

부부 공히 공직 퇴직 신수 훤해 기름 좔좔
연금 매달 삼백오십 더블이면 적잖네요
외제차 뽑아 몰고 주중 꼬박꼬박 동반 골프
나라도 그쯤 되면 매너 기본이요 적선도 후덕하니
억하심정 심술보 달아 애먼 년 심사 후벼 파는교?

모나리자의 미소

피렌체 신흥 갑부
젊은 아내 끔찍이도 사랑하여
잘나간다는 화가 수소문 끝
부인 초상 작업 맡겼었지
공들인 그림 완성된 날
의뢰인 천만 뜻밖 이마 찌푸리며
작품 인수 거부했다네
그림 속 부인 눈썹 없다느니
실물과 상당한 거리 있다느니
쫑알쫑알 온갖 트집 잡아 가면서

거장 작품 속 시간 옮겨 띄워
배경 풍광은 물론 인물 얼굴에도
무정세월 인생무상 새겨 넣었지

뿌리가 좋아야 하는 이유

졸부 제간에 암만 용써 댄대도 예술 진면목
알 턱이 없었을 게야
헛수고한 천재 화가 홧김에 여인 초상화 버리잖고
외려 고이 소장했나니
세상 뒤늦게 작품 진가 알아보아
모나리자 신비로운 미소 친견 일념
루브르궁 오늘도 관람객들 문전성시라네

이 시대 젊은 여인들
화무십일홍 단지 꽃 애긴 줄로만 알아
육체적 미모 애면글면 좇고들 있네
눈매 누구 코는 누구 입술 누구 걸로
원하는 모형 대로 성형 의사 쓱쓱 척척 잘도 해내지
홍대 거리 인사동길 이방인들 쑤군쑤군
여기 여자들 얼굴 왜 판에 박은 듯 다 똑같지?
서보 형 반려 명숙 씨 자태 그림 보듯 찬찬히 살펴
봐봐
우아함에 당당함까지 얼마나 존경스러운지
봄가을 여든섯이야!

진퇴유곡 進退維谷

우주 대진리 그 무엇이고
자연 만물 법칙 또 무엇이던가
이쪽 질서 평화 꿈는 이 있는가 했더니
저 한쪽에선 약육강식 적자생존 들고 나오네

이땅 위 금수 세계 들여다보노라면
먹고 먹히는 정글 잔인 냉혹 진실 더 가까웁지
험하고 거친 바닥 기필코 살아남기 위해서라면
뭐니 뭐니 해도 분수 절제 몸 붙일 줄 알아야 해

분 넘는 감투 호가호위 권세 민심 역류하면
하룻밤 새 추풍낙엽
날개 꺾인 솔개 다리 부러진 살쾡이 산 못 내려오고
오줌 지려

뿌리가 좋아야 하는 이유

따뜻한 남쪽 나라 피정 간 멘토 향해 날 좀 살려 주 애걸복걸

여기도 만만찮아 악어 독사 득시글! 각자도생 알아 서들

봉우리 높으면 골 깊고 능력 밖 큰 감투 사달 나기 마 련이라

꽃놀이패 놓쳐 버린 말년 치욕 감당 못 하고 연신 한 숨

저승사자 넋 나간 것들 연수 간판 동굴 몰아 놓으니

혹 뭣이 낚아채 갈까 봐 전전긍긍 북풍한설 몰아치 는데

분투 奮鬪

요양보호사 서점 주인 일인 출판사
아들은 타이틀 바꿔 가며
험한 세상 파랑 헤쳐 왔으나
사십 바라보는 나이
초롱초롱 눈망울 자식 슬하에 두곤
겸업의 길 찾아 나섰다

이름도 생소한 정원관리사
귀족 대저택에서라면야
폼도 좀 나고 대우 헐치 않겠지만
우선은 육체노동 시종始終 몸으로 때워야 하지
한낮 땡볕 고스란히 노출되고
땀으로 미역을 감아야 하네 생쥐 소낙비 홍건 젖듯

뿌리가 좋아야 하는 이유

바히동산 사장님 이 일 저 일 시켜도 보고
가족관계 꼬치꼬치 캐묻기도 하다가
아버지 뭐 하는 사람인지 알아냈것다
먹고살 만한 분이 세상 하나뿐인 아들
왜 이런 고생 시키나?
저의 아버진요 부모 빌붙어서
놀고먹는 자식 꼴은 절대 못 본대요

두 눈 휘둥그레 사장님
맞아! 바로 그거야

백척간두百尺竿頭

이 땅에도 용감한 왕들 계셨었지

고구려 백제 신라

삼국 시대 내로라하는 제왕들

평시 백성 사랑했고

전시엔 갑옷 꿰입고 말 잔등 올라선

전장 최전선 서길 주저치 않았다네

고구려 고국원왕

백제 근초고왕 공격 맞서 분전하다

평양성 장렬히 전사했고

백제 개로왕

고구려 장수왕 파죽지세 공략 맞서

한성 방어 고군분투하다 붙잡혀 처형

뿌리가 좋아야 하는 이유

백제 성왕

신라와 연합 고구려 협공 끝

한강 유역 탈환했으나

진흥왕 배신하여 회복 고토 독차지

분기탱천하여 전면전 선포 전쟁 돌입

아깝고 분하도다! 관산성 전투에서 장렬히 산화

신라에도 백제군에 죽임당한 임금 있으나

포석정 황음 중 기습 일격 끝 횡액이라

고려조 개경 뒤로 하곤 청량산까지 줄행랑 왕

조선조 백성 버리곤 의주로 일사천리 몽진 대왕

공신 책정 불만 끝 반란 놀라 공주까지 삼십육계 전하

자고로 나라의 지도자란

백성 편케 하고 국가 보위할 책무 지는 법

가문 어려움 처할 때 집안 어른 역량

나라 위난 닥칠 때 리더 자질 절로 드러나지

현충일 아침 애국선열 추모함에 더하여

우크라이나 용기 있는 지도자에게 찬사를!

커피 공화국

들판에서 건설 현장과 장터에서
노동과 노동 사이 짧은 휴식
끓는 물 주전자나 양푼에 쏟아 넣고
휘휘 저어 빙 둘러서선
종이컵에다 그것도 없으면
밥그릇이나 종지에도 따라
후후 불어 가며 후루룩 마시는 커피
서민들의 일상이요 정겨운 풍경이었지

세상 시류 세태 변하다 보니
좀 이상하니 변하는 것 같아
건물 하나 건너 생기느니 커피 전문점에 카페야
동네마다 초록 십자가 빨간 십자가 빽빽하니
하고 많기도 한데

우후죽순 쏟아지는 커피점 비하면 많은 것도 아냐
다들 커피 맛 제대로 알고나 마시는지?
방방곡곡 남녀노소 할 것 없이 도시락마냥
챙겨 들고 대로 골목 활보하고 있느니

마니아 엉거주춤 선 채로 소주잔만 한 주석잔에
뜨겁고 진한 커피 입술거품 물고는 홀짝홀짝 넘기지
음료수 병보다 큰 컵 가득 찰랑찰랑하니
물 마시듯 벌컥벌컥 들이붓는 이 태반이야
대열 낙오 초조감에 망둥이 뜀질일랑 이제 그만
셋이 한 잔씩 값이면 넉넉잡아 시집이 두 권이야
가난한 시인들 기 좀 펴고 살게 해 줘야잖겠어?
나 믹스커피 한 잔에도 요렇게 세상 즐거움
대충은 누려 가며 살고 있잖나

폭주족

부릉 부르릉 뿌르르릉
다다다 따다다 따다딱 탕땅
배달 오토바이 소음 밤낮이 없네
스마트폰 주문 방식 보편화되고
코로나 역병 장기화 영합하여
주택가 골목길 폭음 부쩍 늘었지
스피드 스릴 즐기는 젊은이 심정
눈감아 줄 만한 아량 없는 건 아니지만

자유엔 책임 따르고
권리도 이면에 의무 수반하잖아
개인에게 인격 있듯
사회에도 나름 품격 있다구
좀 괜찮다는 나라 한번 나가 봐

뿌리가 좋아야 하는 이유

관광지 배경 인증샷만 찍지 말고
시민들 공중도덕 교통질서 에티켓 수준 살펴보라구
차고 오토바이고 폭음 없어 클랙슨 소리도
거의 안 들리고

꼭 오토바이 타고 바람 가르고 싶음
땀 흘리는 청춘 도전하는 젊음 원 없이 펼쳐 나가 봐
사오십 대 배불뚝이 선글라스에
할리 데이비슨 맘껏 달려 봐 꽁무니 긴 머리 여자 매
달고
당장은 배달 오토바이 생긴 대로 타고 다녀
머플러 소음 제어 장치 손대지 말라구
그럼 자네 귀에도 오순도순 집안 대화 노랫소리 쏘옥
하니
게 교통경찰관! 멀뚱하니 그냥 서 있지만 말고
소음 단속 시도나 해 봐

시를 내림받은 이의 말

묵묵하니 재야 법조인의 길을 걸어온 지 어언 32년. 은퇴를 염두에 두고 하나둘 주변 정리를 해 나가는 과정에서 봄철 내내 시들이 쏟아져 나왔다.

올해 2월 하순 어느 날 오후, 아내와 함께한 숲속 산책길에서 큰개불알풀꽃과의 조우가 그 시발점이었다. 그동안의 일상과 관련한 이야기들이 연달아 튀어나와 시로 모습을 바꿨다. 아내와 아들딸 손자 손녀와의 가족 간 애틋한 애정들이 얽히고 설켜 더불어 시가 되었다.

나의 입장에서 시집을 낸다는 것 자체가 주제넘는 일이기는 하다. 하기사 시인을 자칭할 생각조차도 없다. 그래서 시를 썼다는 표현도 꽤나 조심스럽다. 하지만 개인적으로 은퇴 기념 시집이 됨도 피할 도리는 없겠다.

뿌리가 좋아야 하는 이유

박수 받을 때 떠나라는 세상의 말씀에 순응하려 할
즈음 시들이 한여름 소나기처럼 마구 쏟아져 내렸다.
난 그 와중에 그저 누군가가 불러 주는 대로 받아 적었
을 뿐이라고 하는 편이 사실에 더 가까움을 고백한다.
아울러 시인은 의당 시를 쓰지만, 시를 쓴다고 다 시인
이 되는 것은 아님을 분명히 해 둔다.

　끝으로 이방인의 시집 출간을 기꺼이 허락하고 편집
을 비롯해 갖은 노고를 아끼지 않은 가망불망 출판사
의 박서연 대표와 관계자분들께 감사의 말씀을 드린다.
　많은 시들의 소재를 제공해 준 아내 양현석과 시집
발간의 의미를 공유하고자 한다.

2022년 9월

박상영